> 詩画集

# 明日になれば……メルヘン

ashita-ni-nareba
märchen
toto ami

戸渡阿見

たちばな出版

明日(あした)になれば……メルヘン　目次

まえがき　4

明日になれば　12

いわし雲　14

何とか言えよ　16

人形形代　18

忍ばずの池　20

宇宙人に聞く　22

赤ちゃん天使　26

風船　30

観音様の人形焼　32

女神　38

一月の詩 44

二月の詩 46

三月の詩 48

四月の詩 50

五月の詩 52

六月の詩 54

七月の詩 56

八月の詩 58

九月の詩 60

十月の詩 64

十一月の詩 68

十二月の詩　プロローグの詩 73

十二月の詩 76

# まえがき

詩人は「死人」に聞こえ、俳人は「廃人」に聞こえ、歌人は「佳人」に聞こえます。そう考えると、歌人が一番いいと歌人岡野弘彦氏は言いました。詩人に言わせると、詩人は「思人」であり、俳人は「蠅人」であり、歌人は「蚊人」かも知れません。いずれにしろ、歌人はまじめな人が多く、俳人は洒脱な人が多く、詩人はまじめな人と、変わった人の両方がいます。

本書は詩画集ですが、私は俳人であり、歌人であり、小説家でもあります。俳句は、十八歳から作り始め、いまでは現代俳句協会の会員です。短歌は、昭和天皇の短歌の師である岡野弘彦氏に習っていました。しかし、俳句ほど本格的にはならず、もっぱら、禅僧のように道歌を詠むだけです。しかし、また短歌を作りたいとも思っています。

短歌の「調べ」と、俳句の「切れ」は違います。それで、なかなか両立はできないのですが、寺山修司のように、個性的な両立ができたら理想です。

このように、短歌も俳句も好きなのですが、自由詩を作り始めるようになったのは、つい最近のことです。以前から作曲や作詞をやり、短い言葉の詩集は、『神との語らい』というタイトルで、三冊出版したことがあります。しかし、本格的な自由詩は、この詩画集に掲載した詩が初めてなのです。

私の性質は、どちらかと言えば「死人」「廃人」「佳人」と、「思人」「蠅人」「蚊人」が入り混じり、「志人」「拝

人」や、「子人」「灰人」「火人」を、そこにまぶしたようなもの。だから、本来は、小説や自由詩が合っているのかも知れません。

ところで、現代の詩人では、「まどみちお」や谷川俊太郎はよく知られますが、それ以外の詩人は、あまり知られていません。中原中也や萩原朔太郎、宮沢賢治なども有名ですが、私にとっては、とにかく暗いのです。現代の有名詩人の詩集を見ても、難解で暗いものばかりです。島崎藤村やシェークスピア、武者小路実篤の詩は、まだ明るくてわかりやすい。特に、武者小路実篤の詩には、わかり易くて前向きで、好きな詩がたくさんあります。

二十代の頃は、リルケやハイネ、ボードレールなども読みましたが、眠くてよくわかりませんでした。現代の有名な詩人の詩をみても、わからないものが沢山あります。普通の人が読んで解らない詩を、詩人が書く意味はどこにあるのか。いつも、疑問に思う所です。その点、「まどみちお」は最もわかり易く、最も深い気がします。だから、日本人で初めてアンデルセン賞を受賞したのでしょう。

普通の人に何が言いたいのか、良く解らないものは、アニメでも大賞は受賞しません。「千と千尋の神隠し」がアカデミー賞を受賞し、「ハウルの動く城」、「もののけ姫」が受賞しなかったのは、そのためです。普通の知識人なら、誰でもその事は解るはずです。「崖の上のポニョ」も、ちょっと難しいでしょう。

ところで、最近、谷川俊太郎の詩集をしっかり読んで、とても解り易く、明るく、自由奔放なことに驚きまし

た。新川和江もわかり易く、明るく、自由な詩心があり、大好きになりました。詩は、やはり、詩の言葉より詩心に重心があり、難解な言葉や表現に凝る人は、よほど詩心に自信がないのでしょう。「まどみちお」は、ありのままの詩心で、正面から勝負する所が偉大です。

ところで、短歌や俳句で大切なのは、第一は詩心であり、第二に言葉の意味が五十％、あとの五十％は、言葉の調べです。さらに、有り型のパターンにならない意外性があり、その人にしか詠めない個性と、その人らしい輝きがあることが大切です。そこに、芸術性を見出すのです。

これは、詩でも作詞でも、小説や戯曲でも、本質は同じでしょう。谷川俊太郎やまどみちお、新川和江も同じです。いい詩を書く人は、皆その本質に根ざし、生き生きとした魂の品格があります。それが表に顕れると、明るくて自由な、輝く詩心になるのです。私は、これらの人々の詩集を丹念に読んで、急に詩に開眼し、自由詩がどんどん書けるようになりました。

ところで、私はいろんなジャンルの絵を描く、画家でもあります。最初に絵の勉強を始めたのは、俳画や仏画、水墨画や日本画でした。それから、十年以上経って西洋画を始めたのです。西洋画を始めて解ったことは、西洋画とは、何でもありの世界だと言うことです。必ずしも、キャンバスに描かなくてもいいし、立体やコラージュ、画材も何でもありで、びっくりしました。抽象画があり、キュビズムやフォービズム、シュールレアリズムあり、アクションペインティングもある。

6

形をキッチリ描く必要はなく、巨匠ほど形は稚拙です。と言うよりも、形の奥の絵心を大切にするので、敢えてそう描くのです。とにかく自由で、何でもありなのです。それが解り、西洋画が好きになりました。こうして、私は絵画に開眼し、次々と大作が描けるようになったのです。

この、私の絵画における開眼史は、そのまま詩と小説の、開眼史にもあてはまります。つまり、最近まで短歌や俳句など、いわゆる定型詩しか作ってなかったものが、文字数や季語の枠にとらわれない、何でもありの自由詩に開眼したわけです。その発端は、小説でもありの文芸の楽しさを知ったのです。そこから、何でもありの自由詩の世界に醒め、西洋画のように、次々と書けるようになったのです。

特に、自由奔放でありながら、良く計算された谷川俊太郎の詩には、大きな影響を受けました。シンガーソングライターの、中島みゆきと同じです。それで、私の作詞、作曲の世界にも、新しい創作の世界が広がったのです。

詩画集『明日になれば…メルヘン』は、比較的まじめな詩を集めたもので、ひとつひとつの詩をモチーフに、私が描いた絵を一緒に載せたものです。これを読んだ人は、私がまじめな詩人だと思うかもしれません。『明日になれば』は詩集もあります。詩集の方は持ち歩きやすいポケット版で、絵は載っていません。もう一冊の詩集『ハレー彗星』は、おもしろくて楽しい、言葉遊びのオンパレードです。これを読むと、おかしい

詩人だと思われるでしょう。

また、アルゼンチンに五日間で往復した、九十六時間の機内と空港で作った三十四篇の詩は、そのまま、詩集『泡立つ紅茶』の一冊になりました。これを読むと、「ウニ」入りミックスピザのように、「まじめ」と「おかしさ」がミックスされた、新しい味になったと思うでしょう。

面白いことに、小説で言葉遊びや駄洒落を嫌う人も居ますが、谷川俊太郎やまどみちおの詩集を見て、それを嫌ったり、批判する人は居ません。また、日本の伝統芸能の落語や狂言は、言葉遊びのオチが多いのです。短歌でも、「掛詞（かけことば）」は、伝統的な気の利く修辞法でした。こうして、洒落は、もともと知性と教養を必要とする、気の利いた表現だったのです。それが、一九六〇年代以降、これに価値を認めない人々から、「駄洒落」と言われるようになったのです。

ですから、この歴史を知れば、谷川俊太郎やまどみちお、シェークスピアなどの詩人のように、言葉遊びや駄洒落の詩があっても、決して悪いはずがありません。自由詩の世界では、大歓迎されるのです。詩心とユーモアがあり、人間の本質や魂の局面を、様々な角度から表現するものなら、何でもいいのです。さらに、意外性があり、言葉使いに個性があり、調べが美しければ、もっといいのです。それが、自由詩の魅力だと言えます。

なお、『おのれに喝！』という書言集もあります。これは、私の一言の詩を、禅僧のように書道で書いたものです。また、『墨汁の詩（ぼくじゅうのうた）』は、私の俳句と書と、水墨画の先生とのコラボレーションです。

このように、私にとっては、詩心と絵心は、同じルーツのものです。すなわち、両方とも詩心なのです。そして、絵心とは、それを色彩や形で表わすもの。だから、「まどみちお」も、あんなに素敵な絵を描くのでしょう。しかし、彼の絵画に関しては、詩よりも軽く、もっと色や形を省略した方が、彼の詩心が前面に出てくると思います。

孔子が、教養とは「詩に興り、礼に立ちて、楽に成る」と言ったように、詩心は、魂の高貴な部分の表われです。だから、詩心が豊かであれば、芸術作品の創作範囲は、無限に広がるのです。オペラや歌曲やポップスを歌う歌手も、作詞や作曲をする人にも、歌心とは、音で表わす詩心であることを、是非知って頂きたい。

最後に……。

谷川俊太郎氏は、多くの子供たちや大人に、詩のおもしろさや楽しさを教えました。

私の詩は、無論、それほどのものとも思えませんが、わかり易さや明るさ、また面白さに関しては、きわ立っていると思います。この詩画集を読んで、詩は自由で楽しいものなんだと、思ってくださる方が増えれば、これにまさる喜びはありません。

また全ての芸術家が、詩心を豊かにするために、詩が好きになってくれることを、切に祈るものです。

戸渡阿見

装丁──── cgs・清水美和
本文デザイン──cgs

明日(あした)になれば……メルヘン

# 明日になれば

ゆっくり生きて
じっくり練ろう
いいものは そうでないとできない
ゆっくり寝たら その後は
気力に満ちた 仕事をしよう
ただ徒に寝るのは 単なるぐうたらだ
ゆっくり寝るのは 豊かな気力を養うためだ
だがしかし……
心が傷つき やる気が萎えたら
とりあえず 意味なく寝るのもいいものだ
明日になれば 自分も世界も
変わってるかもしれない

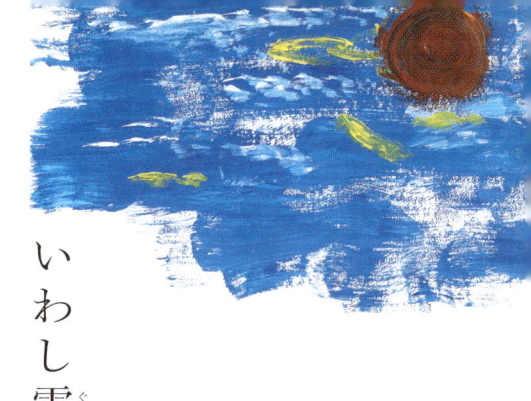

# いわし雲

いやそうな　顔の男がいた
うれしそうな　顔の女が　男に近づく
なんで　そんな嫌そうな　顔してるの
男は　ほっといてくれという　顔をした
うれしそうな　顔の女は
もっとうれしそうな　顔をした
いやそうな　顔の男は
もっといやそうな　顔をした
そこに　つばめが飛んで来て
心配そうに　言った

青空に向かって
もっと　正直になってください
いやそうな　顔の男は
つばめに向かって　言った

ちょっと　いやな顔の　練習してたんだよ
うれしそうな　顔の女も言った
私も　うれしい顔の　練習してたのよ
二人は　同じ劇団の　団員だった

空から　二人を見つめ
心配したつばめは
バカらしくなって　飛んで行った
そよと流れる　いわし雲は
ボソッと言った
人間なんて　そんなもんだよ
人の顔色を　いちいち気にしてちゃ
青空には　住めないよ

# 何とか言えよ

君 嬉しいのか いやなのか どっちなんだ
僕は 忙しいんだ
いちいち君の 心の奥まで 探ってる暇はないんだ
嬉しいなら もっと嬉しそうな 顔をしてくれ
嫌ならば なんで嫌なのか どこが嫌なのか
どうして欲しいのか 僕は 正直に言ってくれ
自慢じゃないが 僕は 優しくて親切なんだ
君の気持ちや 意向は 大切にするよ どうなんだい
黙ってたら 解らないじゃないか
その…… 無表情で 黙って立ってられるのは
ぼくには 耐えられない
まるで 沈黙の暴力だ 何とか言えよ
うんとか すんとか 口に出して 言ってくれ

ああああ……

もう お祭りが 始まりそうだ

じゃ ぼくは 帰るからね また来なさいね

残念そうな 顔をして 鎮守の森の八幡さんは

拝殿から 帰ってしまった

# 人形形代

人形形代は　神社では　ひとがたかたしろと読む
それを　にんぎょうけいだいと読むと　どうなるか
神社で　人形を　焚き上げるのが
浅草観音の　人形焼きに　なるのです
形代は　神社では白い紙の　かたしろだが
浅草観音では　境内の　形代だと思われる
訓読みと　音読みで　神社とお寺
神道と仏教に　別れる面白さ
日本はいいな
神様と仏様が　仲よくて
読み違いしても　祓われたり　救われたりするだけだ
祓い給え　救い給え　神仏習合　バンザイです
民衆にとっては　そのほうが　ハッピーです

梅雨入りの　ある朝　ハッピーな日本人の誕生日
ハッピーバースデイ　露の神社
ハッピーバースデイ　露のお寺
ハッピーバースデイ to you の神仏
ハッピーバースデイ to you の日本文化
日本にくれば　何でも　幸せに生まれます

# 忍（しの）ばずの池（いけ）

パラパラと　涙（なみだ）がこぼれ
パラパラ落（お）ち葉（ば）は　散（ち）って行（い）く
ハラハラと　涙（なみだ）は流（なが）れ
ハラハラ雪（ゆき）は　降（ふ）りしきる
キリキリ痛（いた）む　ぼくの胸（むね）に
風（かぜ）はキリキリ　舞（ま）い遊（あそ）ぶ
ぼくは　フラフラ彷徨（さまよ）って
フラミンゴを　見（み）に行（い）った
ヨレヨレ服（ふく）で　檻（おり）を見（み）れば
らくだが　ヨロヨロひざまずく
もう　帰（かえ）ろうか　まだ遊（あそ）ぼうか
空（そら）を見上（みあ）げる　動物園（どうぶつえん）
不忍（しのばず）の池（いけ）で　ぼくは忍（しの）ぶ

まだ見ぬ人の　出会いは先だ
でも本当に　待ってるのかな

# 宇宙人に聞く

有り難い　有り難いという心だけでは　だめだ
その有り難さを　いかに　表現するかが大切だ
有り難い心を　上手に表現できたら　それは真心だね
それを　実行できたら　誠だよ
それを貫けば　実が入って　誠実になる
そして誠を　意志に置けば　誠意ある態度だ
ああ　世の中には　有り難い心で生きる人は少なく
真心で生きる人は　もっと少ない
新撰組じゃ　あるまいし
誠を旗印にする人は　今になく
誠実な人は　目薬ほどもない
お店に行って　買い物したり

お金を払って サービス受けても
誠意のない態度には 本当に 腹が立つ
そんな いい店やサービスは 意外に 少ないものだ
だからもし 自分が少しでも それを心掛け
少しでも 実行すれば すごい人に なるじゃないか
見てないように見えて 案外人は 見ているもの
それは どんな国の どんな民族でも 変わらない
だから見てないようで 実は 世界の人がじっと見ている
もしそれが 世界が見つめる 普遍のモラルなら
きっと神様も 仏様も 宇宙人だって 見ているはずだ

見られて 恥ずかしい 地球人にはなりたくない
見られて 誇れる いい地球人でありたい
だから 一杯のコーヒーを 丁寧に入れ
料理も 毎日オリジナルに 美味しく作りたい

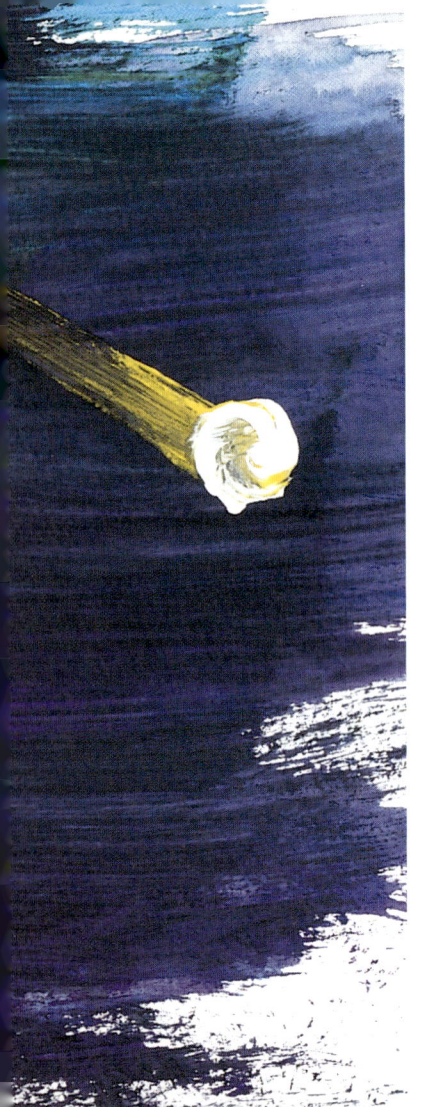

そして　一本の手紙や　一回の電話も
おざなりなものに　したくない
有り難さと　真心のこもった
誠実で　温かいものにしたい
小さなことから　大きなことまで
一生　それを貫く人が　本当に優れた
今度　神様や仏様　宇宙人にあったら　地球人だと思う
空から見ていて　どうですか
私の意見に　賛成ですか
そんな　地球人は　好きですかと
聞いてみよう

# 赤ちゃん天使

赤ちゃん天使が ささやいた
宇宙人の子って 何て言うの？
宇宙人は答えた
バルタン聖子ちゃんでーす
赤ちゃん天使は 次にクジラにたずねた
この子供は 何ていう名前？
まっこうクジラは 答えた
末っ子の マッコーです
赤ちゃん天使は キラキラ星の中に 飛んで行き
小さな惑星に 言った
惑星さんは おならしないの？
すると惑星は 突然 おならして言った
わっくせー！

赤ちゃん天使は　琵琶湖に飛び
大きな声で　湖に言った
湖の子供は　何て言うの？
すると　琵琶湖が二つに割れ
小さな魚の　群れが現われた
その代表の　魚は言った
モロコ　モロコ　モロコだよ
赤ちゃん天使は　もう一度たずねた
モロコの子供は　何て言うの
モロコの代表は　答えた
それはジャコ　ジャコ　おジャコだよ
なんだそうか
モロッコに現われた
ジャコビニ彗星と　同じだね
赤ちゃん天使は　納得して
木星に　帰ることにした

地球の成層圏を出て　木星の家に帰るまで
赤ちゃん天使は
最後に　「こ」のつく言葉を　口ずさむ
「うんこ」「しっこ」「がっこ」
「めんこ」「きのこ」
「いいこ」「わるいこ」「元気なこ」
赤ちゃん天使は
言葉が連続すると　キャッキャッと笑い
喜んで　宇宙を飛んだ
赤ちゃん天使が
「こ」のつく言葉が　好きなのは
「こ」を運ぶ　天使だからです
つまり　「こ」を運ぶ
「幸運の天使」だからです
実を言えば　赤ちゃん天使は
木星の　子供だったのです

# 風船

赤い風船が 空を舞う

赤風船は 青空の白雲に入り つき抜けて行った

黄色い風船も 空に舞い 風に流れ消え去った

白い風船は 空を飛び回り 雲に吸い込まれ

入道雲の でべそになった

緑の風船は 空から落ち 杉林のコブになる

水色風船は 空に消え 空の青さが 濃くなった

色とりどりの 風船は 色とりどりの 人生だ

どこへ飛んでも 美しく どこへ落ちても 幸せだ

軽い心の風船は 飛んでも落ちても 傷つかない

艱難辛苦も 感じない

空一杯の 空気を吸い ぼくも 風船になるんだ

風船になり 風に乗り 色とりどりの 風船と遊ぶ

楽しい 空の散歩なら 赤風船の そばがいい

一緒に遊ぼう　風船たち
風船たちと　空のかなたへ　旅したい
空のかなたの　宇宙まで
宇宙のかなたの　神のもとまで

# 観音様の人形焼

自分で自分が解らなくなった
自分は何だろう
自分は母から生まれたが
この自分という気持ちは
どこから生まれたのだろう
自分は　何で自分と思うのだろうか
自分と思わなくなった自分は
どんな自分なんだろうか
自分で自分がわからない
だからいいのかも知れない
死ねば自分と思う自分は
どうなるのだろうか
それは　死んでみるまでわからない

だからいいんじゃないか
死ぬ意味は　そこにあるのかもしれない
死んだ時の自分は　幸せなのか
それも　死んでみるまでわからない
死んでみて　もし不幸だったらどうしよう
バカヤロー　こんな所で死んでられるか
と怒鳴り　すぐに生き返れるならいいけれど
泣いても　怒鳴っても
不幸な自分のままなら　どうすればいいのかな
それも　死んでみるまでわからない
死んだら　自分は変わるのだろうか
それも　死ぬまでわからない
しかしやっぱり　自分次第だろう
自分で　自分が　変わったと思う時がある
それが続けば
きっと死んだ自分も　死んだ世界で変われるはずだ

そこが　地獄でも天国でも
柔軟に　その環境に適合できると思う
生きてる自分の　毎日が
変わり映えしないなら
きっと　死んでも変わらないだろう
それなら　死ぬと孤独に違いない
行き詰まるだろう
悩むだろう
焼きそばを　食べたくなるだろう
関係ないか
でも……
死んだら　焼きそばは食べれるのかなあ
全ては　死んでみるまでわからない
自分と思う自分が　死んでなくなるなら
焼きそば食べなくても　問題ないはずだ
と言うより　食べてる実感がないはずだ

だがしかし
死んで　自分と思う自分があったらどうしよう
その時のために　いま自分はどうすべきか
焼きそばの　食べ溜めをしても　しかたあるまい
やはり　今からどんな環境にあっても
自分を柔軟に　前向きに持って行き
どんな環境でも　自分を幸せにし
楽天的で　明るい自分をつくるしかない
死んでもし　自分があり
そんな　自分しかなければ
死後の自分には　幸せしかないじゃないか
何百年かして　もし生まれ替われるなら
そんな幸せな　自分を継承したい
しかし……
そう　うまく行くかどうか
全ては　死んでみるまでわからない

生まれ替わるまで　わからない
しかし　それがわからないから　いいんだ
わからないからこそ
自分を変える努力を　続けるしかない
毎日毎日　死ぬ前日まで　それを続け
そんな自分のまま　死にたいものだ
浅草観音土産の　人形焼きを食べながら
自分が　人形焼きのように焼かれ
「死」に　食べられる日を思い
自分自身を鉄板で　裏返してみるのだった

# 女神

山から　神様が来て言った
心が淋しいのは
自分のことばかり考え
あれこれ考えるからよ
自分のことは　しばらく忘れ
他人のために　何か一生懸命やりなさい
すると　心は晴れ晴れとして　充実するわよ
その時　こみ上げる充実感が
あなたの淋しさを救い　癒すのよ
だから　他人のためのようでも
それは　あなたの　幸せのためなのよ
今までの　あなたのお人好しが
あなたの　幸せを作っていたのよ

今淋しいのは　あなたが
それを　忘れてしまったからよ

その時　どこかでポーンと音がした
山から来た神様は　女神だった
見たこともない　女神だ
なんだか　姉の顔に似ている
もう一度見上げたら　女神の姿はなかった
池のほとりで　ぼくは　風に吹かれていた
女神の言葉を　思い出していた
ふと気になって
ぼくは　池に石を投げた
すると　ポチャンと音がした
女神の言葉を聞いた時
ポーンという音がしたが
あれは　何の音だったのか

ぼくは　もう一度石を投げた
ポチャーンという　音がした
その時　気がついた
あのポーンという　音は
自分の中が　はじけた音だ
投げた石が　ポチャーンと落ちる
ぼくの中が　ポーンとはじける
ポチャーン　ポーン
二つの音が　一つになって
ぼくを包んでいる
輪っかのできた　波の上に
女神の顔が　ゆれている
水に映った　女神に向かい
ぼくは　たずねてみた
あなたは　一体どなたですか
女神は　答えてくれた

「私は　あなたの奇魂よ
あなたが　あんまり淋しがるから
あなたの　心が暗すぎて
あなたに　住めなくなったのよ
だから　山に帰り
あなたの中に　戻れる日を
ずっとずっと　待っていたのよ
これで　戻れるわ
お人好しで　優しいあなたが
その尊さを
やっと　わかってくれたのね
私は　あなたの中の
心の奥に　ずっと住んでいたのよ
もう　あんなに　淋しがらないでね
また　住めなくなるから……」

姉に似た女神とは
自分の　姿だったのだ
ぼくは　男に生まれたが
中には　女神が住んでいたのか
自分を　取り戻すなんて
ほんとうは　自分の中の　男神や女神を
取り戻すことだったんだ

池の水面は　静かになった
さざ波が　立つ気配もない
もう　女神の姿は　どこにもない
すると　山からさわやかな
一陣の風が　やって来た
その風を受け　池の周りの　枯れ葉は騒ぐ
サラサラと　騒いでる
水面に映る　自分の顔は

いつの間にか　女神のように　輝いていた
あたりは　朝日のあたたかさで
花園のような　空気になった
風も草木も　キラキラしている
どこまでも　どこまでも
キラキラしている

# 一月の詩

山から　雪が来て
雪から　雨になる
雨から　涙出て
涙から　希望が出るまで
もう少し　時間をください
ほんの　少しの間です

# 二月の詩

節分の鬼が　笑ってる
赤鬼も青鬼も　笑ってる
寒いのを　いやがる奴は　誰だ
寒さが極まらねば
温かい春は　来ないんだ
春を　恋しく思うなら
寒さのおかげと　思うべし
寒さがあって
温かさがある
寒さを知らぬ者に
春を　与えるつもりはない
春の尊さを知るために
もっと　寒さを歓迎しろ

赤鬼も青鬼も　野山を寒く
空も風も　寒くさせるが
何のためだか　わかったか
この寒がりの　福逃しめ
わはは　わはは

春風や鬼ごろしの酒腹めぐる

# 三月の詩

空気がふくらむ　春の気配
喜び悲しみ　入り交じる
大地は疼き　芽は踊る
ぼくの心も　疼くけど
花が咲くのは　まだ先だ
突風来たり　目にほこり
眼が痛くて　こするけど
春の空気に　励まされ
お湯の涙が　心地よい
痛みは消える　春涙
痛みは消える　希望の涙

# 四月の詩

風に　春が住むようだ
お前は　どこからやって来たのだ
なになに　冬の地面の下か
それとも　鬼の　目の涙か
ちがうのか
それなら　やっぱり
夢を語った　昨日の　わしの電話からだな
やっぱり　そうか
じゃあな　春よ
風に住む　春よ
また来いよ
わしが　夢を忘れた　肌寒い頃に

夢 夢
夢
おれ

# 五月の詩

鳴門の渦潮の　大きな渦は
ぼくの心を　癒す渦だ
だから　ほんとに　渦救命丸
幸せの渦は　春の渦だ
つらい悲しみは　渦に消え
鳴門若布の　ゆらゆらに
遊んで消えて　ゆくようだ
めでたい　食べたい　鳴門の鯛は
渦をしのいだ　苦労の味だ
浮かれた春の　このぼくは
鳴門の鯛を　釣りました
ピンクの腹は　まばゆくて
黒い眼に　表われた

渦を生き抜く　その力
あっと　感じて　泣きました

それを思えば　ぼくなんか
鯛したことない　苦しみばかり
鯛したことない　悲しみばかり
それから　ぼくは　その鯛を
渦潮に帰そうと　思ったけれど
鯛の命の力強さ　かわいい姿が　恋しくて
塩焼きにして　食べました
鯛よ鯛さん　鳴門の鯛よ
ぼくの命に　なってくれ
ぼくの命の　渦潮の
渦の力に　なってくれ

# 六月の詩

梅雨の雨は　雨らしい
雨の中の　雨と言える
中途半端な　雨はいやだ
どしゃ降り　長雨　じとじと雨
どんな雨でも　素敵だよ
だって　紫陽花の　青や紫は
その雨があって　美しく
瑞々しくて　可憐だもの
ぼくも　昔の　悲しい雨に
たくさん濡れて　生きて来て
今　瑞々しく　生きている
青空のように　アンドロメダ星雲のように
そして　今朝の　紫陽花のように

# 七月の詩

あつい あつい あつい
クーラーをつけろよ　最強にしてくれ
君ちょっと　寒すぎるよ　それじゃ
利き過ぎだよ　利き過ぎ
弱に　切り替えてくれ
早く早く
それにしても……　君は
クーラーの切り替えは　すぐにできるのに
気持ちの切り替えは
なんで　すぐにできないんだ？
あつ過ぎたり　さむ過ぎたりで
まん中の　気持ちがないね
何事も　快適な状態というものが　あるだろう

だから　君
いつも　頭を冷やしなさいよ
でも　心は　常に熱くするんだ
心のスイッチを　いつも前向きに
もっと　上手に切り替えたら
給料を　上げてやるよ
夏のボーナスも
もっと多めに　あげるよ
それにしても　今年の夏は　あついね

# 八月の詩

樹木の汗を　感じながら
私は　蝉を見ていた
二週間しかない　命と　知っていたら
あんなに　蝉を取らなかったのに
また　樹木から　汗が出た
この樹は　何という樹なのか
名も知らぬ　樹木から　汗が出る
私が流すはずの　汗を
この樹は　代わりに　流しているのか
この　大樹の蔭で　休む私は
本当は　蝉よりも
もっと迷惑な　存在なのかも知れない

樹木の汗

本当は　涙なのかも知れない
まさか……
昨日の夜に　ここに来て
星空に向かって　泣いて　話したことを
この樹は　知っているのだろうか
また　樹木から　汗が出た
いや　やっぱり　これは涙だ
その時　涼やかな　風が吹き
樹木は揺れて　葉が騒いだ
蝉は　いたたまれなくなり
ジィと鳴いて　飛び去った
私は癒されて　ずっと　そこに佇んでいた

# 九月の詩

くさい　白菜　二十九歳
どこでも病んで　悩んで泣いて
おいらは見てる　あんちくしょう
あいつは　いったい　どこの奴
ださい　野菜を　白ぬいの
手ぬぐい頬に　泥棒か
いやな盗人　恋泥棒
おいらの彼女を　取ったやつ
村の村長の　せがれだよ
エロい　黒い　百姓の
おいらは天然　心も天然
有り居り侍り　いまそかり
菜行の　変格活用形

そいつは　おいらの性格だ
蟻おり　侍り　家の庭
蟻の生き方　ありのまま
おいらの心も　ありのまま
だけど　素行は　菜行の変格
広い　もろい　おいらの夢は
それでも　毎晩泣きながら
彼女を想って　星を見る
干飯よ　星よ　彼女が欲しい
コンビニ弁当　カラカラに
置き去りにする　部屋の隅
宮崎県の　田舎道
トボトボ歩く　お百姓
あれはとうちゃん　兄やんだ
嫁ご探して　欲しっちゃが
いい娘見つけて　くれんかねえ

星はこぼれる　宮崎県
トンボのめぐる　彼岸花
大山椒魚　ワープして
川から上がり　人となる
おいらの正体　知られたら
ここにはおれない　宮崎県
鹿児島県に　引っ越しだ

# 十月の詩

私は　山から　声をかけました
ヤッホー　お元気ですか
すると　ヤッホーは　力一杯答えました
ヤッホー　元気ですよ
あなたはどう
私は　またヤッホーに　声をかけました
ヤッホー　私も元気よー
それより　ヤッホー　ごはん食べたぁー
ヤッホーは　ひときわ大きな声で　返事しました
まあーだだよー
私は　お腹が　すいていたので
ヤッホーは　毎日　何を食べるのか
すごく　気になりました

そこで私は　大きな声で　ヤッホーに尋ねました
ヤッホー　ヤッホーはー
いったい　何が好物なのーー
ヤッホーは　恐る恐る小さな声で　返事しました
ヤッホーは　ヤッホーは　君が好きなのさー
ヤッホーは　君が大好きーー
私は　うれしくなって　大きな声で叫びました
ヤッホー　じゃー　私をーー　食べてみるーー
ヤッホーも　うれしくなって　大きな声で叫びました
ヤッホー　食べたーーい
食べたーーい　君を食べたーーい
私は　それで　強い風になり
ヤッホーの所へ　飛んで行きました
ヤッホーは　八つの峯でした
八つの峯は　恋しい　秋風を受け
どんどん　樹木は赤くなり

黄色や　オレンジ色に　なりました
秋風の私は　ヤッホーの　妻になりました
それから　ヤッホーは色づき
観光客が　訪れるように　なりました
緑ばかりで　色気のなかった　ヤッホーは
私を　妻にしたおかげで
色っぽく　艶っぽくなり
男らしい　秋の山になりました

# 十一月の詩

空は　どこまでも　空だが
へそは　どうしても　茶を沸かす
どうして？
わしに聞くより　おのれの　腹に聞け
ほうら　やっぱり　茶を沸かしてるじゃないか
ぶんぶく　ぶんぶく
どれどれ　わしが　一服茶を点てて進ぜよう
それは　お前の　日々の怠りが　茶釜になったからじゃ
なんでかな
やめてくれー
これこれ　そんなに　恐れずともよい
ちょっと　お前の　へその茶釜を沸かし
茶を点てるだけじゃ

恐がることはない
あっちち　あっちち
やめてくれー
おやおや　どこが熱いのじゃ
へ　へ　へそです
それは　お前の　平素の行いが
怠りと　あなどりばかりだから
怠りで腐ったへそが　ちょうど
炭のように　黒い固まりになったのじゃ
そして　あなどりで　へそに穴が開いたのじゃ
穴に炭が入ると　空気がこもり　燃えやすくなる
へええ　そうですか
どれどれ　へその穴から　覗いてやろう
わああ　こりゃひどい
なんか　まずいものでも　見えますか
見えるぞ　見えるぞ

腹(はら)の中(なか)は　まっ黒(くろ)だ
どこもかしこも　みんなまっ黒(くろ)だ
いつの間(ま)にか　お前(まえ)の怠(おこた)りは
黒(くろ)い腹(はら)を　作(つく)ってしまったようじゃ
もう少(すこ)し　早(はや)く手(て)を打(う)てば
なんとか　なったのじゃが……
わ　わたし……
これから　どうなるのでしょうか
まあ　その……　腹黒(はらぐろ)い人生(じんせい)を送(おく)り
そのまま　地獄(じごく)に行(い)き　地獄(じごく)の釜(かま)で　焚(た)かれるだけじゃ
大(たい)したことはない
そ　それ　困(こま)るんですけど
ひ　非常(ひじょう)に　困(こま)ります
な　なんとか　なりませんか
へそが　茶(ちゃ)を沸(わ)かしてからでは　遅(おそ)いんじゃ
へそが　茶(ちゃ)を沸(わ)かす前(まえ)に

空がどこまでも高い内に　秋空のように　高い志を持ち

毎日毎日　腹の底から怠りなく

精進に励めば　良かったのじゃ

小さな事でも　あなどらず

い今からでは　遅いですか

さあ　わからんなあ

天高く　馬肥ゆる秋と言うが　お前はどうだ

腹黒く　へそ茶を沸かす　怠りの秋

そうじゃろう

そらそら　地獄の拷火の　釜ゆでの

へその茶釜が　火を噴くぞ

ああ　あつい　あつい

こわや　こわや

うああ　あついいいい

ぼくは目が醒めて　ふとんから　ガバッと起きた

良く見ると　おへそには

ホカロンが　三つ貼ってあった
ふと枕元を見ると　白隠禅師の　語録があった

# 十二月の詩　プロローグの詩

星は讃える　北極星

住めるサンタの　毎年の

長い旅路の　宅配業

子供に与える　才能の

目には見えない　プレゼント

一陽来復　天の時

クリスマスの頃　天空は

子供の恵みを　サンタに託す

トナカイ便に　サンタは乗って

世界を巡る　忙しさ

ハゲを隠して　励む神

結うに結えず　解くに解けない

不思議な智恵ある　カミ様です

メリー　メリーと　言うけれど
メリーの羊じゃ　ありません
トナカイに乗る　神様です
都内や市外や　シナイ山
モーゼの髭に　似るけれど
こっそりやるのが　サンタさん
派手にやるのが　モーゼです
いずれも　民を導いて
カナンをめざす　神様です
大阪に来る　サンタさん
欲ばり子供の　祈りには
どこか似ている　戎様
カナンわーと　言うそうだ
サンタも戎も　ええ神や
何語を話すか　サンタさん
どんな言葉も　自由自在

昔使った　参考書

名前は似るけど　違います
心で通じる　神だから
言語を越えた　言葉を話す
年を取り過ぎ　入れ歯のサンタ
だいぶ　前から
これ　これ　これは　サンタの話
話す　まことの　ハナシです
サンタが　イレバ　この話
まことに　まことの　ハナシです

# 十二月の詩

君は サンタクロースを 信じるかい
太郎は 信じると言い
次郎は 信じないと言う
太郎は 次郎に言う
君はなぜ 信じないんだい
だって お父さんが
靴下に お菓子を入れるのを 見たもん
だけど なんで 両親の前で
いつもサンタの話を するんだい
だって サンタを 信じるふりしないと
お父さんが 喜んで プレゼントできないでしょ
太郎は 悲しそうな 顔で言った
でも……

あの二度目の　優しいお父さんを
お家に運んでくれたのは
サンタクロース　なんだよ
ぼくは　おと年の　クリスマスイブに
皆で　暖炉のそばで　バーベキューパーティーをした時
煙突から　入ってきたサンタさんが
ニコニコ笑ってるのを　見たよ
それで　たまたま遊びに来た　母さんの同級生が
その時　初めて　心をときめかし
それから　二人の　交際が始まったんだ
男の子が　二人もある母さんを
そのまま愛して　結婚してくれたお父さんは
ほんとうに　素晴らしい人だ
そうだろう
うん　うん
ほんとに　そうだ

ほんとに そうだね
あんなに優しい お父さんは
おと年の クリスマスイブに
煙突から入って来た サンタさんに
ぼく達のために くれた 最高のプレゼントだよ
うんん そうだね そうだったのか……
でも ぼくには 見えなかったよ
ぼくには 見えたよ
キラキラ輝く 光の中に 北極星から橇に乗り
つるハゲの神様が やって来たんだ
すると トナカイさんが
「ああ サンタさん 帽子がないと 子供たちが驚きますよ」
って 言ったんだ
へえー それで どうなったの？
すると サンタさんは
「ああ そうだ そうだ うっかりしてた

「わしも　年を取ると　忘れっぽくなってなあ」
と言いながら　ゆっくりと　サンタの帽子を被ったんだ
へえー　すごい
それで　サンタクロースの　正式な姿になり
シュルシュルと　小さくなって　煙突に入ったんだ
ぼくは　二階の窓から　ずっと見てたんだ
へえー　すごーい
ねえ　ねえ　お兄ちゃん
どうして　お兄ちゃんには　サンタが見えるのに
ぼくには　見えないのかなあ
ぼくもあの時　二階の部屋に　居たのに
ぼくだって　毎年クリスマスに　見えるわけじゃないんだ
でも……
物心ついた時から
サンタクロースを　ずっと信じてるんだ
幼稚園でも　小学校でも

サンタを信じない友達は　たくさんいるけど
ぼくは　ずっと信じてたんだ
だって　サンタを信じないクリスマスは
単なる　パーティーだよ
それは「聖しこの夜」じゃないと思って……
それに……
イエス様やマリア様を　実際に　見た子供がいたのなら
きっと　サンタクロースも　いると思って
ぼくは　ずっと　信じる努力をしてたんだ
そしたら……　おと年の　クリスマスイブに
初めて　サンタクロースを見たんだよ
なにかの　錯覚じゃなかったの？
そうかもしれない
でもそれなら
ファティマで　マリア様に出会った　三人の子供たちも
馬上で　空から降りて来た　イエスに出会ったパウロも

みんな　錯覚になるじゃないか
ぼくは　思うんだ
世界中の大人が　サンタクロースを信じなくても
ファティマで　マリア様に出会った　三人の子供達のように
世界中の子供は　サンタさんを　信じてあげるべきだよ
じゃ　ぼくは　信じるふりだけしてたから
きっと　サンタが見えなかったんだ
じゃ　ぼくは　サンタを信じてたから　見えたんだね
そして　ぼくが　ずっとサンタを信じてたから
きっと　ご褒美で
あんな素晴らしい　お父さんを贈ってくれたんだ
じゃあ　お父さんが
靴下に　お菓子を入れるのを見たぼくは
サンタクロースの　くれたお父さんが
サンタの代わりに　プレゼントするのを見たわけだね
その通りだよ　その通りだよ　次郎

お兄ちゃん　ぼく……
来年は　サンタクロースが　見えるかな
見えるといいね　きっと見えるよ
お兄ちゃん　今日からぼくは　サンタを信じ　毎晩祈るよ
その前に　おと年　お父さんという
最高の　贈り物を頂いたことに
心から　感謝しなきゃ
本当に　そうだね
サンタのおじちゃん
毎年　プレゼントをありがとう
サンタのおじちゃん
優しい　お父さんを与えてくれて　ありがとう
いつの日か　兄弟そろって
サンタクロースが　見えますように……
ぼく達兄弟に　妹がさずかりますように……
あんまり　図々しいお祈りをすると

サンタさんに　嫌われるよ

それもそうだね……

メリー　クリスマス

メリー　クリスマス

その時　北極星は　いつもの十倍輝いて
目には見えない　白い光が　兄弟の家を照らした
北極星から　下界を見ていた　サンタクロースは
微笑みながら　言った

「おい　トナカイよ　また　あの兄弟の家に行こう
クリスマスイブは　忙しいが　来年は
必ず　あの兄弟の家に行こう」

「トナカイの数も　年々温暖化で　減ってますが……」

「だから……　あの兄弟以外の　世界中の家は
お父さんに　任せるしかない」

「でも……　お父さんの居ない家は　どうします……」

「そりゃ……　もう……」

お母さんに　女性サンタになって
やってもらうしかない」

「なるほど　現代は　男女同権ですからね……」

「まあ　そういうことだ　わっはっはっ」

「でも……　両親の居ない子供は　どうしますか」

「そりゃ……　こうだ　父親代わり
母親代わりに　なる人は……

つまり　その子供に対して　親心をもつ人は
みんな　神様と　同じ心の人なんだ
だから　その人はサンタクロースの　代わりができる
どうだトナカイよ　賛成だろう」

「おっしゃる通り　大賛成です　わっはっはっ」

「わっはっはっ　わっはっはっ」

銀河の星は　またたいて　天の川は流れ出す

その音は　怒涛の　波のように聞こえる

それは　北極星の神様
サンタクロースに　拍手を送る
星の神々様の　ブラボーの声だった

# 戸渡阿見──とと・あみ

　兵庫県西宮市出身。本名半田晴久。1951年生まれ。同志社大学経済学部卒業。武蔵野音楽大学特修科（マスタークラス）声楽専攻卒業。西オーストラリア州立エディスコーエン大学芸術学部大学院修了。創造芸術学修士（MA）。中国国立清華大学美術学院美術学学科博士課程修了。文学博士（Ph.D）。中国国立浙江大学大学院中文学部博士課程修了。文学博士（Ph.D）。カンボジア大学総長、人間科学部教授。中国国立浙江工商大学日本言語文化学院教授。その他、英国、中国の大学で、客員教授として教鞭をとる。現代俳句協会会員。社団法人日本ペンクラブ会員。小説は、短篇集「蜥蜴」、日本図書館協会選定図書になった、短篇集「バッタに抱かれて」など。詩集は、「明日になれば」、「ハレー彗星」、「泡立つ紅茶」など。俳句集は、「かげろふ」、「新秋」などがある。

絵画に関しては、中国国家一級美術師認定。水墨画『キラキラ天の川』が、「西オーストラリア州芸術文化大臣賞」「パース市長賞」「審査員最優秀賞」を同時受賞し、パース市より「名誉芸術家」の称号を授かる。また、西オーストラリア州の芸術文化に対する貢献に対し、「西オーストラリア州文化功労賞」を受賞す。アクリル画「青龍神と緋鯉」が、中国芸術研究院の永久収蔵となる。求龍堂より、画集『深見東州画集』『書画深見東州』『創作深見東州』『深見東州の創造』出版。中国の文化芸術出版社より、「A Creation of Toshu Fukami」を出版。深見東州は、画家の時などの雅号。

戸渡阿見公式サイト　http://www.totoami.jp/

戸渡阿見詩画集　明日になれば……メルヘン

2010年3月1日　初版第1刷発行

著　者　戸渡阿見
発行人　笹　節子
発行所　株式会社 たちばな出版
　　　　〒167-0053 東京都杉並区西荻南2-20-9 たちばな出版ビル
　　　　TEL 03-5941-2341（代）
　　　　FAX 03-5941-2348
　　　　ホームページ　http://www.tachibana-inc.co.jp/
印刷・製本　三美印刷株式会社

ISBN978-4-8133-2245-0　Printed in Japan　©2010 Totoami
落丁本、乱丁本はお取り替えいたします。